在時間裡，散步

walk

walk 018

眾神與野獸

作　　者　陳牧宏
責任編輯　林盈志
封面設計　林育鋒
內頁排版　江宜蔚
封面繪圖　川貝母
校　　對　呂佳真
出 版 者　大塊文化出版股份有限公司
台北市10550南京東路四段25號11樓
www.locuspublishing.com
讀者服務專線：0800-006689
TEL：(02) 87123898　FAX：(02) 87123897
郵撥帳號：18955675
戶名：大塊文化出版股份有限公司

法律顧問　董安丹律師、顧慕堯律師

總 經 銷　大和書報圖書股份有限公司
新北市新莊區五工五路2號
TEL：(02) 89902588　FAX：(02) 22901658

初版一刷　2018年7月
定　　價　新台幣320元
I S B N　978-986-213-903-5

眾神與野獸

陳牧宏

推薦序

露餡，等待爆炸——陳牧宏詩集《眾神與野獸》

楊佳嫻

雄壯威武，是為了襲擊青春還是為了保護青春？偷偷露餡，是害怕被人發現還是超想被人發現？陳牧宏第三部詩集《眾神與野獸》，兼具雄壯的張揚與露餡的猥褻，召喚同志者「都可以全部放進來／轟轟烈烈爆炸」，即使這世界充滿惡意，地雷，鐵蒺藜，「來不及找到／適合的曠野和星空／只能先射」，溫熱發自深處，證實不可抹滅的存在。

精神科醫師，而且寫詩——難免，會讓人想到遙遠大前輩王浩威、神祕小前輩鯨向海，和同儕阿布。不過，陳牧宏的意象偏好與關懷面向，我認為更靠近鯨向海，而詩中纖細的觸覺，又與同輩創作者波戈拉可以等量齊觀。再者，這部詩集裡再三向文學前行者或共行者們致意，直接挑明了的，包括周夢蝶三次、零雨兩次、夏宇兩次、林則良兩次，許悔之、木心、達瑞、曾淦賢、鯨向海等各引用一次，也大致可看出他涉足、嚮往的詩國河圖。不過，未曾標出的，不代表不存在，例如讀到〈水手日記〉裡這幾句：

每一棵樹／站在街角／枯一千年／等一個人／多元成家

此處意象明顯借自情詩媽祖席慕蓉。一棵開花的樹，虔誠到幾乎成佛地等待著，陳牧宏則呼應當代性別運動，等待不是為了在最美麗的時刻遇見，而是為了能突破異性戀男女結合才等於成家的主流認知框架，「再也不是／別人的婚禮」。在〈醉夢三夜〉和「花神祭」序曲詩裡也可以捕捉到一點點商禽指紋，「午夜／眾靈／小聚／有菸／很嗨／缺一／夢和黎明未到」、「時間的鋒芒漸露／莢果裡的幽靈／夢或者黎明及其他男人／赤裸裸浩蕩進來」，黎明與夢的意象更是分別遍布全書，入夢與渴望黎明，宛如同一個願望的前後身。

那麼，陳牧宏個人鍾情的譜詩法門又是什麼呢？我以為明顯可見者有二。第一是通過物件持續並列來造景、造境，間中以一二動詞提振。最典型的例子就是〈矢車菊〉：「銀河和天空／蛺蝶與男孩／召喚出全部的／流星和煙火／黑蜜與精液／城市沙漠火口湖／芭蕉葉麻竹葉蘆草／矢車菊的臉／舌頭胸膛和肚臍／認真接住。」十行段落中包含了十八個物件和兩個動詞，物件與物件之間的關聯幾乎得憑藉讀者以結構星座般的想像力來補上；當然，從流星以降到矢車菊之間全部物件，都可以當作身體意象來解讀，「召喚」和「接住」則提示了色情之完成。第二則是排比句，小規模者不計，規模顯明者如〈阿勃勒〉一律以「億萬」為起頭排比七個句子成一段，〈把你弄髒〉以「弄髒我」為固定句尾連續排比六句，或〈十年〉四段中有三段以「兩個人」一詞為核心連續排比等等，均製造出不可忽略的量體，詞彙反覆成為線或鏈，縛住即將散開如竹片的身心，變成可供懷抱誦讀的簡書。

《眾神與野獸》裡還可發現詩人愛用的兩組動詞，血脈相通：

1 露出／裂開

想露餡，那一定有什麼裂開。露出與裂開不一定存在於同一首詩，可是它們在詩集裡不同山頭呼應。

餡是為了引誘人等不及地吃掉，可以是蜜，也可以是傷，如〈我知道寂寞〉「想哭的時候／需要更多更多秘密／一同被說出來／花園裡鬱金香花綻開／露出傷口來／認真流血」；傷總聯繫著過去，露出過去，亦即露出共有的命運或特殊的氣息，〈誰和誰躺下一起不核——致跳出去的〉「在飲酒過量的客廳／翻牆過愈來愈脆弱的心防／先承認的就會裂開」，曖昧如果是兵法，先承認的雖然先裂開，其實是開了門，門裡有狗或有心，或有大波斯菊（本書最常出現的植物），誰知道呢？正如〈我知道寂寞〉裡寫的，「想哭的時候／需要更多更多秘密／一同被說出來／花園裡鬱金香花綻開／露出傷口來／認真流血」，認真地露出，花園才可能成形。

2 射出／爆炸

動詞「射」在本書中出現了二十餘次，射中射偏射出射進噴射發射，詩人像進化的后羿，不只射太陽，也射他喜愛與不滿、憐憫與渴望之物。

這個動詞攻擊性強烈，既可以是瞄準什麼然後奮力抵達，也可以是一種迫不及待，把自己盡情給出去，因此它是色情的，也是癡心的——如〈冬日一個旅人——致父親們〉裡說「想約他受傷／和他交換手槍／一起射」，展現強大的信任；或〈讓你受傷〉裡許願「眼神中的子彈／射穿你玻璃的心／會碎掉吧！／喘息裡的流星／墜落在你的硬木板床」。而我最喜歡的，則是未逮的射擊，〈井底〉如此壓抑，在「酒漢逢乾零」的雙關與倒反中，「一直很忍耐／只有滲出／少少的星星／沒有射／出太陽來。」蓄積是為了爆炸，色情的祕訣就是不斷延後，延後，才能孕育出〈我知道寂寞〉的恍然大悟——「爆炸過後才真正發現／裡面這麼柔軟這麼燙」。

眾神雄壯威武，但有時候也想偷偷露餡，探出小獸的野蕊。就算生而為獸，在某些瞬刻，恍惚升高，靈犀找到了凹陷，也能靠近眾神之境吧。

自序

詩與獻祭

彷彿肅穆虔敬的異教祭典。

男人們，或老或壯或枯或瘦，或虔敬或癲狂，圍繞著竄燒的焰火坐著，跳著，顫動著，低禱著，囈語著，嘶吼著。

繩縛的男孩，荊冠棘冕，鎖骨肋骨，胸肌腹肌，黝黑皮膚，橄欖綠眼瞳。命運要求男孩舞蹈，迴旋，疾奔，匍伏，跳躍，阿基里斯腱斷裂復接合復斷裂，至死不休。

詩亦如此。

某個瞬間虔敬如抄經，另一個瞬間又癲狂似噴精，文字的封印解除，眾神霆霓霹靂，野獸猖狂猙獰。

❖

男孩，愛情，慾望，死亡，是我的聖維克多山。

寫詩近二十年，十遍，二十遍，五十遍，甚至百遍，反覆地書寫，重新再重新書寫，男孩，愛情，慾望，和死亡。不知道席德進重畫紅衣少年多少回，顧福生扔去撕毀多少害羞的草稿，白先勇是否日復一日改寫孽子，邱妙津飲血嘔血瀝血或許幾乎無法寫完蒙馬特遺書。我總是如此信仰，為了抵達青春的靈魂，愛情的夢域，慾望的伊甸園，死亡的荊棘谷，必須鍛鍊再鍛鍊，衝撞再衝撞，書寫再書寫。

書寫如是地獄，我總是回首再回首。

透過男孩的視角睥睨世界，熊熊烈火慾火毒火。我總想要蠻橫無理，飛揚跋扈，甚麼都不在乎。

閱讀我的文字也許當如此。

❖

幾乎已經忘記。

負傷離開F後染了一頭褐髮，莫名其妙購入薄荷糖男孩和腹語術。想變成另一個人，開始斷斷片片寫詩。

回想起來，男孩與死亡是文字最初。

然而知道天使熱愛的生活已經是後來的事了。那幾年一個人生活，像彈巴哈賦格曲，主題與變奏，終究是必須要習慣，甚至愈來愈駕輕就熟。痛三月變成痛三週，殺千刀變成剮幾刀，絕望赴死變成努力好好活下去。

床上，醉夢三夜，不約，直男頌，全部都放進來，愛我更洶湧，他們祕密的滲透著，是男孩的日常；只能先射和降靈會Ⅳ，則是男孩誤入亂入夏宇的結界；水手日誌大概是男孩的懺情書。

✥

生命中的男孩，愛情，慾望，和死亡，總是用不同形象與姿態出現。時而凶猛，時而溫柔，時而寂寞，時而狂喜。有些短髮，有些胸肌腹肌，有些刺青，有些一米八五，有些十七公分。

神和野獸是男孩的變形記。想像我是奧維德，或是卡夫卡。種植風信子雅辛托斯，豢養巨甲蟲格里高爾。還有結界裏的那些男孩。

是犬是貓是豺狼，是猴是熊是孔雀。與男孩們相遇相知相惜，相呴相濡相沫。讓他們變成我的文字，我的孤寂，我的詩的靈魂。

淫蕩又悲傷，是男孩追尋完美靈魂的歷程。於是，我開始迷戀梅普爾索普。讚嘆，這真是心中男孩的原型啊。

二〇一六年九月在蒙特婁，梅普爾索普於一九八九年愛滋病逝世後首次在北美舉辦大型回顧展，和志穎一同前去。某個瞬間覺得銀鹽相片裏的百合會把我吃掉，陰莖會刺傷我。當下才終於理解，刺點，巴特如是說。

❖

許多社會議題，居住正義，廢核，廢死，反服貿，婚姻平權，都是三十歲之後才開始思考與書寫。

年輕時候，E曾經狠狠批判我與社會脫節，活在中產階級幻想裏。確實無法與之辯駁，我也欣然接受。但始終鴕鳥又自我感覺良好地相信，當時的自己還火熱水深在對愛情的憧憬與破滅，和對自我的懷疑中，實在沒有餘力去思考己身之外的事情了。

也許更瞭解是男孩的告白，寫給M和婚姻平權。M是男孩的繆思，男孩的神，男孩的野獸。婚姻平權則彷彿野火燎原，盤據男孩這幾年的書寫。

男孩曰：你的陰莖是我存在的理由。

M傳訊息過來，打瞌睡的王子，髮禿的王子，並附註：養小孩超累的，笑臉。之前討論養貓，共識是要從養仙人掌開始練習，研究日光，土壤，空氣和水。

殊不知，文字中，我早已經豢養許多異獸珍禽奇花異草。金烏，白象，獨角獸，流浪犬貓，螢火蟲。火鶴，雛菊，罌粟，鳶尾花，阿修羅花。

✤

而涉水是獻給為婚姻平權努力的人們。

雖然已經在文字中結婚一千次，在夢中又結婚一千次。但男孩們始終希望，在誓言前，真真實實結婚一次。

銀河雖只有七尺七寸寬，但牛郎和牛郎，織女和織女，卻已足足涉了幾個世紀又幾個世紀，依舊路險且阻，水湍且急。

人間寂寥清冷，牆想被用力推倒。

同志仍需努力。

❖

太陽花運動，確實是我真真實實第一次接觸社會運動，獨棲獨活在白色巨塔象牙塔裏太久太久了。

二三二小時，三五五小時，四七二小時，五六一小時。學生議事組，資訊組，醫療組，媒體組，物資組。圍城內，青島東，女孩們，男孩們。

民主凌晨四時，立法院裏，鶴唳風聲，警察戒備，我依舊清醒。任務是協助處理任何醫療需求，身體的，精神的。但根據情資，這幾夜警察隨時可能攻堅，很多人不敢睡。

如果警察衝進來，我會留下來嗎？我準備好受傷嗎？

❖

工作後，閱讀與書寫的時間變得零碎，專心讀本新書駱以軍賴香吟張亦絢，或重讀朱天文卡爾維諾三島由紀夫，又或整個午後得三五行詩又三五字，再刪二三行，多麼奢侈。一個人背包旅行，島嶼，山林，草原，城鎮，沙漠，酒吧，浴池，劇院，博物館，三溫暖，青年旅館，遂成為得以安安靜靜讀書寫字的唯一機會。

年輕時旅行都帶著夏宇卡爾維諾，這二三年多半周夢蝶商禽伴著。過去一年，林則良與蛇的排練幾乎不離身，放在後背包裏。走累了，等待，火車，嘟嘟車，機場，渡輪，有時間便翻幾頁。書寫似乎也是，幾個字幾個字，幾行幾行。

常寂光寺前，孤寂和孤寂的湄公河，天堂與天菜的曼谷，或思或邪的東京，等待果陀的札達爾和拉古薩，尖沙咀灣仔的地下道，伊甸園的哈修塔特，獵戶星系和烏達瓦拉維草原，沒有末班車的蘇澳，國境最南的水邊。

片段的閱讀和書寫，現在回想起來，竟然是意想不到的收穫。

井底原本是村上春樹的井底。

我約莫閱讀發條鳥年代記三五個月，也就待在井底三五個月。很深，很窄，很暗，很潮溼，很悶熱，很寂寞，但又不想離開。

那陣子的書寫，也在井底。寫得緩慢，片段，甚至莫名其妙。

許多時候，總是覺得全部的意義和靈感似乎都被掏空，枯竭，文字變得異常難耐飢渴，想要被淹沒，被填滿，被佔領，被征服，甚麼都好。

幾個月下來，電腦裏，存檔很多如此草稿，斷章。

重新整理詩稿時候，驚然發現，這些斷首的，斷臂的，斷腕的，閹割的，獨腳的，鍛鍊之後竟也是希臘羅馬美男子。

❖

經過四五年的努力，我終於在二〇一七年二月出版鉛字印刷詩集安安靜靜，集結我書寫之初至約莫二〇一三年的作品。只能用力盡精疲形容。那時腦中唯一的想法就是，人生經歷僅此一次足矣。

那幾年，一邊籌備安安靜靜出版，又一邊整理二〇一三年之後的作品，想說就一起整理，舉手之勞。

重新閱讀年輕的文字，對我而言，有種奇妙的恐怖。彷彿每個字，每個標點，都在反覆又反覆提醒我招呼我，大叔你好，大叔你好。

而某夜在音樂廳巧遇C。突然驚覺，C竟然也已經三十幾歲，以前是個玲瓏剔透的男孩，現在是個玲瓏剔透的大叔。

雖然忝為大叔多年，似乎也無法和C分享甚麼經驗談。雖然肚子相像，皺紋相像，頭髮相像，體力也相像。每個大叔都是不一樣的大叔。

一個人天堂是大叔的天堂。大叔與男孩的關係實在複雜，彼此靈犀又彼此誤解，相呴相沫三溫暖，相忘城市。或甚至其實是叔身童心或童身叔心，是愛情做的男孩，當然也是愛情做的大叔。

致小鮮肉之詩是大叔激昂的暈船詩，朝飲木蘭之墜露兮，夕餐秋菊之落英。但甲板上，大叔終究忳鬱邑餘侘傺兮，獨窮困乎此時也。

生命雖然汙垢，總是希望，愛情無瑕。

無神的那一天，閃電中似曾相識，蘇澳來的末班車，應該明白，林布蘭的燈，是大叔的生活和體悟；驚夢，雷鳴與閃電，是大叔午後的白日夢；大眾澡堂則是大叔小小的性幻想；而夜間遷徙預言還有更大的崩壞要來，大叔承受得住？我承受得住？

❖

沒有咖啡香的早晨，原因未明的死亡。

窗前儷菊盛綻開。

周夢蝶短序云，夢中得十四句。如果是噩夢呢？傷中病中驚中痛中，又可得甚麼？

二〇一七年四月二十三日清晨，好友J驟逝。直至今日仍覺得怎麼可能，總有種一定是場騙局吧的感覺。J逝後這一年，平日少夢，卻夢到J兩次，場景俱是J前來解救被霸凌的我，沒有看見J的面容，但知道是他。

遂有芍藥，花神祭中最早完成的作品。

芍藥後突然發現，似乎從靈魂中，硬生生被摘去甚麼，或是熄滅甚麼。J大概是高中記憶最後的螢火，J逝去，屬於男孩們的青春就真正結束了。

J和M有一面之緣，和平東路人行道上。近日，M竟也夢到J，J的名字。J是前來祝福M和男孩的嗎？這是最美的一天，也是想念的季節。鐵之貝克如是歌唱著。

花都朵朵綻開過，再朵朵枯萎凋盡。男孩亦是，我亦是，文字亦是。

展開詩集瞬間，書寫者的我和讀者的你或他，你們或他們，已然攻守易位。

書店裏，咖啡店裏，小酒館裏，家裏，浴室裏。寫字桌前，窗前，克林姆的吻前，茶几上，地板上，床上。寂寞難解。角色難分。

誰是神靈？
誰是野獸？

誰是玫瑰？
誰是大波斯菊？

神和野獸

也許會更瞭解

一個人天堂

花神祭

男孩

La vie rêvée des anges

你抽菸
飄過那些
剛寫好的文字
在眼神的高度
凝聚成烏雲
停下來
遮住後面的故事

法國的那段
是不是很慘？
總是識人不明

像在地圖上
沒有找到
天使熱愛的生活

你說剛分手
還不知道
要去到哪裏
令人更感傷的
是還住在一起
睡同一個黑夜
努力沉默

不要想太多
不然會淹過水壩
那些裂縫
滲出淚來

愈來愈危險
這樣就當不成朋友了

燃盡的菸
夕陽
霓虹的吊燈
港口的時間
不會等待

一定有更適合的
從田納西州來
是貓的朋友
說粵語
坐在隔壁桌
甚麼也聽不懂

星期一

生活是柑橘的，
剝開來，
日子一片一片，偶陣雨
纖維一起
寂寞多汁

需要黑咖啡度過
星期一
和十七歲一樣又濃又澀
陽光像方糖
百無聊賴慢慢融化

夜晚留下一盞鎢絲燈
適合讀書寫字
我們之間的意義慵懶在
軟骨頭沙發上，隱晦著
做白日夢

從時鐘裏躡手躡足出來
沒有穿襪子的
失眠，
拎著一小時一小時
很小心不要吵醒睡熟的雙人床

靜靜地煮，
城市溫暖的
男孩們一點點苦

清淡的甜
沒有膩在一起

床上

1

人在床上
身不由己

2

雖然很弱
躲在棉被中

從黑夜裏
只伸出一隻腳來
用力踢開
全部的男人

3

烏鴉飛進棉被裏
每個夢都是枝頭

受傷這件事情

在肉體毀去後
依舊迷戀
你的靈魂
像男孩仆街
蛾飛撲火

有一些意義
必須頭破血流很多次
遍體鱗傷更多回
才能夠理解
譬如撞牆

想告訴你的祕密
布滿大雷
很不想知道
關於結局
是不是回不去了
只好繼續跳針
整夜被卡到

直到某天
那些紅不再那麼紅
每個若滅若明瞬間
不再充滿幽靈
每夜夢
都掛上時鐘
和風鈴

才逐漸明瞭
受傷這件事情

水手日誌　復活節在克羅埃西亞

「你知道嗎？我是用愛情做的男孩。」

✥

復活節前
一萬一千鐘聲
都是鴿子
從東方
啣來黝黑的青春
和島嶼天光
飛進每個太陽花男孩

憂鬱的眼瞳
開始暴雨閃電

管風琴是海
太陽是老城牆
海鷗是教堂
帆船是窗戶
水手是札達爾
愛是四月

✤ 海鷗

會唱歌的
就變成海洋
愛跳舞的
都是天空
喜歡朗誦詩的
是風
認真愛過痛過的
是太陽

一萬一千帆
的港口
依舊清醒
燈塔安安靜靜亮起來

睜開眼
看見全部的流星
和遠方的果陀

羅馬帝國時
和水手一起探險流浪
復活節前
從納匝勒城
帶回黃金乳香沒藥
的海鷗們
午夜教堂鐘聲後
都飛進新開的
同志酒吧

在沙漠中
站起來
每一支蠟燭
閃爍天光

從海底
飛出來
每一隻海鷗
變成流星

猶太人的家裏
夜奔出來
每一個男孩
都是同志

藤蔓
攀進鑰匙孔
瘦瘦綠色的葉子
打開很鏽很重的門
融雪後
讓你進來
綻放變成花朵

✤ 在克爾卡國家公園

江湖裏
每片落葉
有紅色的天空
每隻魚
都是雲朵

孤島上
每棵松樹
都是古老的修道院
每滴雨和淚
是朝聖的旅人

夢中
每座城市

可以多元成家
每朵向日葵
都是和男人結婚的男人

❖

每一棵樹
站在街角
枯一千年
等一個人
多元成家

再也不是
別人的婚禮。
折斷翅膀的天使們
大教堂裏
十字架前
用虔誠的腹語說
我願意

也算是同志　午夜想起新訓時光

沒有幽靈
佔領櫃子
雄壯威武的
全部都出動了

一起打鼾吧
也算是同志啊
浩浩蕩蕩
突襲青春
午夜萬籟俱寂

直男頌

1

蜿蜒崎嶇
路轉峰迴。
迷你巴士裏
每個人都暈了
你真的還是直的嗎？

2

烈焰熊熊
難耐燥熱
火山爆發時
還有甚麼鋼筋甚麼鐵塔
是直的呢？

3

太陽光
那麼直。
三稜鏡
掰彎後
都是天邊的彩虹

湯圓說

像酒釀又
爛又甜的
冬季清晨

交換眼神
是半解的
靈犀和愛

滿身是傷
很想撐過
城市煉獄

忍住沒有
戳破彼此
只好自己
偷偷露餡

醉夢三夜

1

一切剛開始
就已經知道
那些發蛆的蘋果
努力振作的詩
我的和他的
夜晚終究
被玩壞了

2

午夜
眾靈
小聚
有菸
很嗨
缺一
夢和黎明未到

3

會枯的
和會爛的
相愛
一整夜

有悔的
和有怨的
相守
一輩子

香蕉們

記午夜在立法院

親愛的香蕉們
用力堅持著
不怕爛
衝撞進去
是很浪漫的
佔領全部的愛與孤獨

貓之夢

安安靜靜
像貓的
遊行
不曾打擾
每一粒碎石和沙

打翻謊言
如果能跳過去
蒙住眼睛的舊窗
沉默砌成的矮牆

很想要
變成豺狼虎豹
佔領全部
廣場和街頭
身體和意志

降靈會IV　向夏宇致敬

眾神明將軍
眾王爺太子
七月初一十五
請降靈
請顯身。急急如律令——

床上金剛怒目
地板上菩薩低眉
鏡前阿修羅囈語
浴室裏魔神仔
舞蹈旋轉呻吟

每個粗一十五
胸肌腹肌抖擻
短髮墨鏡厚唇
金戒指金項鍊。

出沒在軟體結界裏的
鬼啊妖啊靈啊
單身強慾猛受也
被召喚出來
迷魅的眼神貪婪的吻
黑甜的身體

紅燈籠紅蠟燭
金色火焰
上身的和退駕的

菸的嗨的解的
都充滿法喜

已經蔓延到夢裏了
彩虹天使星光
罌粟玫瑰鈴蘭
大波斯菊
非常冥昧，非常曖昧

汗與淚氤氳
千萬嫑嫑弄錯
鎖和鑰匙鍋和蓋。
依舊延續狂喜和厭煩的主題
繼續討論天菜

不約

很寂寞的夜晚
於是不約
而同
都想要

打開窗
每顆流星
輕而易舉能夠
噴射進來

閃電從
小內褲後面
夢裏面，穿透出來
充滿曖昧的共識

我的眼神流連
忘返你的胸肌
眼神洶湧
胸肌澎湃

全部都放進來

受傷和痛
已經鍛鍊得太強壯
眼淚結實抖擻
沒有垂下來

一個人夜
寂寞依舊小小粒的
愈來愈黝黑
更敏感了

眼神很深
彷彿全部
都可以放進來
轟轟烈烈爆炸

只能先射

「我們的談話／只能先射／再畫上圈」，夏宇。

溫柔是
傾頹的
殘壁殘垣
破窗破門
斷電斷水
無燈無鈴

失散的戀人們
依舊甜蜜

他們都進來
很潮溼
也有藝術
安安靜靜擁擠

如果可以不要
拆掉像脫掉一樣
希望很安全

但他們都還是想要
卻太清醒
來不及找到
適合的曠野和星空
只能先射
爆炸的地方便是
受傷和愛

愛我更洶湧

電梯壞了
天空更遙遠

躺在雙人床上
地板又冰又冷
窗碎滿地
寂寞很硬

雨不停，大醉，
噴射機飛過天花板

漏水大規模落下
煙圈溼溼悶悶低低的

是那樣子的男孩
凌晨一點鐘
徘徊在三溫暖
或小酒店外
二十幾歲
已經千瘡百孔

那些傷口
咬的燙的割的
安安靜靜流血
安安靜靜結痂

沉默裏多霧
想說的話只露出
銅綠色眼瞳
窗戶外的世界
充滿猶豫

心照不宣
男孩和國王
都沒有穿衣服
同床共謀
擁有彼此小小的火焰
想看清楚時間
如何發射
如何墜毀

夜更深
黑眼圈更黑
眼神非常燦爛
人生愈來愈荒謬
夢愈來愈清醒
或許可以
用冰雹打擊我
傷我更重
或像傾盆大雨
溼透我，愛我更洶湧

他們祕密的溼透著

致我們的口腔期

雷陣雨的午後男孩們
擁擠在一起
他們祕密的
溼透著

分泌著
泥土青草的氣味
猜不透的謎
若有所思凝視彼此
交換一種濡溼的微小的諒解

也交換著透明
窺探陌生的世界
巨大骯髒
如果能夠頑強抵抗
就用舌頭再舔乾淨些

默默淋雨

一萬一千哩
蹣跚的步履
一萬一千聲
嘶啞的吶喊
一萬一千次
無辜的注視

躲在方舟的貨艙裏
一萬一千個
有名字的孩子
：亞藍，加利普……

跋涉過沙漠
飄洋過海
變成一萬一千個死掉的
失去名字的孩子

躺在生鏽的地板
躺在海底
躺在暗礁
躺在沙灘
躺在陽光下

海藏寺的銅鐘響起
一萬一千隻烏鴉
振翅，嚎鳴
天空變得藏黑
下黑色的雨

閃電猩紅

世界依舊
安安靜靜
在墓碑
和墓碑間徘徊，
想像死亡
默默淋雨

神和野獸

我們是風

致M

那些年前
山石還沒有裂開來
我們已經粉碎
還沒有人知道甚麼是哭泣
我們已經是淚
沒有人願意受傷
我們已經流血

在午夜公園
你小心翼翼
解開我的鈕子，

像打開潘朵拉盒子：
全部的恐懼
徹夜蟬鳴蛙鳴
噴泉，初夏荷花盛開
整個月的梅雨季

傾盆大雨後
草木瓦石都已經知道了
我們的沉默
我們的激昂
黑太陽摩擦我們
發熱發光
一萬隻螢火蟲飛撲來。

這麼多年後
依舊只有神和野獸

忍受孤獨。

島嶼起風了嗎？
清晨起風了嗎？
我們是風，我們是風
要繼續去流浪了

淫蕩又悲傷

"I am looking for perfection in form. I do that with portraits. I do it with cocks. I do it with flowers." ——Robert Mapplethorpe

1

一千個甕
一千隻眼
一千朵花
一千座湖
一千零一夜
寂寞的旱季，都那麼渴

2

站好，蒙眼，摀嘴
綑綁住，被箭射
城市中矮屋裏窗台前
玫瑰的荊棘的仙人掌的
那種痛和流血
愈來愈接近天堂

3

清醒過來，黑男子
只穿上白襪子
像一場初雪
在午夜
走過無人街頭
的銀鹽相紙

4

花朵綻放嗎？
眼瞳睜開嗎？
打開窗，風雨無阻
正在等待
誰進來呢？

5

罌粟和百合
菖蒲和桔梗
勃起的時候
花蜜流出來
蝴蝶飛過來
蒼蠅飛過來

6

你的眼神
望著每個男人
和他們的大波斯菊
那麼淫蕩
又那麼悲傷

讓你受傷

「這是老人到過最遠的地方／夏天有雪」，零雨。

眼神中的子彈
射穿你玻璃的心
會碎掉吧！
喘息裏的流星
墜落在你的硬木板床
有許願嗎？

那麼美麗你的
野百合和大波斯菊

在寫字桌上
露出愈來愈多來
肆無忌憚的
綻放吧！燦爛吧！
太陽想看見你金色的眼瞳
想吃掉你的花蜜

寒流來襲下雪的時候
手指頭這麼熾熱
輕輕擾動床邊的火苗
腳趾頭那麼悸動
想翻越山丘
舌頭和乳頭百無聊賴
只好假裝直到有感覺

一起消失在地圖上
我們已經越過邊界
島嶼和嘴巴不再沉默
火山和陰莖全面爆發

你知道嗎？
曾經我充滿時間
每分每秒不羈
這一秒野獸
那一秒火槍
無時無刻想要讓你受傷。

常寂光寺前

可以容納全部
謊言和錯誤
的眼神
與冬夜
很清澈深邃

想傷透你
讓你哭
但始終忍住
玻璃缸中有幾滴淚
或許便不會枯竭

熱帶魚就不會渴死？

被遺忘在電話線中
欲言又止的告白
每個暗夜依舊
痴痴響起
堅持過無人接聽的幾秒鐘
驚醒貓狗兔蛙
再自顧沉默

抄經的桌前
留不留一盞白熾燈
燃滅的檀香
磨斷的硯
寫壞的俳句
觸及一種缺席

呼口煙
飲盡燒酒
停止想像和期待

都不說話
錯過某些時刻
就算是很久不見吧
轉身走進浴室
沒入視線的死角
坐在馬桶上
刷牙或想心事
也似乎到達很遙遠的彼方

孤寂和孤寂

「冷眉，赤足，空缽／這高高低低的孤寂與孤寂」，周夢蝶。

古老的城市裏
龍潛睡著
佛潛睡著
高高低低的孤寂
和孤寂潛睡著
千年又千年

鐘聲醒來
雨聲醒來

誦經聲醒來
因果和緣法醒來
披上橘紅色的袈裟
都那麼黝黑
那麼瘦

椰子樹和芒果樹冷眉
風和露水赤足
天空和湄公河
托著空缽
山裏來的霧裏來的
太陽布施它們金光

這樣會被撿走嗎

流露一點
有閃電的眼神吧

忽滅忽明
也足以割傷
那些躲躲藏藏
一個人孤獨

被黎明擊倒
昏躺下來
朱門前
不是最美好的
這樣會被撿走嗎

神和野獸

那些窗都裸著
那些樹都硬著
那些頭髮溼了
流浪和草地躺著
自由和寂寞對望

風吃掉我的耳朵
你響起三角鐵
和管風琴

雨刺瞎我的眼睛

你盛開滿大波斯菊
和鬱金香

曙光剝下我的皮膚
你奔馳而來
滾滾黃沙

只有鐘和槍
神和野獸
癡戀棄絕
忍受孤獨

十年

「我想我是碰見了／最強的靈感」，楊佳嫻。

天空是兩個人的天空
銀河是兩個人的銀河
沙漠是兩個人的沙漠
波濤是兩個人的波濤
懸崖是兩個人的懸崖

矢車菊是兩個人的矢車菊
仙人掌是兩個人的仙人掌
獨角獸是兩個人的獨角獸

波斯貓是兩個人的波斯貓
熱帶魚是兩個人的熱帶魚

燃燒是兩個人的燃燒
暈眩是兩個人的暈眩
溫柔是兩個人的溫柔
冷漠是兩個人的冷漠
沉默是兩個人的沉默

時間的迷宮裏
十年復十年
在你風雨的眼瞳中
我繼續閃電

誰和誰躺下一起不核

致跳出去的

說養隻貓吧
每秒鐘和下一秒鐘
彷彿就立刻充滿理解
和無瑕的靈犀
終於可以
理所當然寂寞
像吹紅色的氣球
全部的吻

輕盈膨脹起來
愈來愈
透露一起去革命的光澤

誰和誰摩擦
於是誰和誰熱
誰和誰弦外之音
誰和誰躺下
一起不核

也是小獸的
很清醒
在飲酒過量的客廳
翻牆過愈來愈脆弱的心防
先承認的就會裂開

所有意志和詩
擋不住那些溫柔
那些跳出窗的時刻
然後就只剩下
掉毛和風

燦爛餘生

有好消息嗎？
很小聲很小聲
悄悄告訴我

真的相信
每個奧德修斯都可以
毫髮無傷
回到這裏？

不告而別後
繼續好好活著

身體裏面
很遙遠的地方
火山爆發
核電廠爆炸
掩埋全部關於
父親的母親的
戀人的陌生人的

不想忘記
受過的傷
足夠一個人
和貓寂寞
燦爛餘生

也許會更瞭解

繼續愛你

愛過的人
和破掉的馬克杯
一樣都能夠
讓人受傷
嘴唇手指流血
舌頭肚臍寂寞

恨過的人
和試穿沒有買的帆布鞋
一樣都能夠
繼續行走

自己的路
踩到也不想道歉

無法理解的算術題
失眠的夜晚
加上被拒絕的清晨
括弧乘以思念你的午後
減去對你生氣的傍晚
再用爭吵的睡前除
能夠等於
愛你的日子嗎？

沒有同居
所以想把門鎖弄壞
丟掉鑰匙依舊可以
進來做夢

但忘記關上窗戶
暴雨狂風侵襲
世界清醒

你總是直接
聲調清晰平穩
告訴我事實
三加二不等於七
過期的牛奶在冰箱裏
白襯衫沒有送洗
貓離家出走一個月
已經厭煩我了

無憂無慮的仙人掌啊
百無聊賴的獨角獸啊
無可救藥的熱帶魚啊

必須那麼謹慎
繼續愛你
小心翼翼不要
折斷你的刺
和犄角
弄髒你金色的鱗

好朋友

你說我是好朋友
有貓的眼瞳
看穿你，讓你透明
狗的舌頭
弄溼你弄髒你
讓你黏膩

以為不只是好朋友
一起認真鍛鍊
胸肌和寶貝球
心無旁鶩
專一主線任務
誤打誤撞
整夜天堂

他也是你的
好朋友嗎？
眼神充滿冰雹
你會被割傷的
燃燒木炭
你會窒息的

發射輻射
你已經突變成
我不認識的怪獸了

忍耐

「忍耐久了／總會流出蜂蜜」，鯨向海。

那些寂寞夜裏
床像太平洋大
忍耐像馬里亞納海溝深

沒有男一的時代
中二和雄三
抬頭挺胸

是一種態度
不能硬太久
是充滿氣勢
不會射太遠

把你弄髒

突然明瞭
其實不需要活太久。
我們依舊必須討論
那些被時間
弄髒的事

你知道嗎？
我是用愛情做的男孩
太陽的血弄髒我
流汗弄髒我
暗夜中普拉絲弄髒我

史密斯弄髒我
做夢弄髒我
醒來弄髒我

遠方寄信來
名字荒廢太久
想說的事情不再年輕
流浪這些年
失眠這些年
靈魂弄得愈來愈髒
愈來愈不被看見

已經準備好
子彈和催淚瓦斯
恐懼在柏油路上
等待每個人都哭過

想寫詩不要絕望
若無其事如此巨大
純粹而美好
默默活下去能夠
變得更乾淨
更無辜？

迷幻公園裏
眼神知曉一切
噴泉是朋友
涼亭是朋友
灌木叢是朋友
嘴唇和手是朋友
都那麼單純
也無所謂

每一天
想你的藍眼睛
無瑕的謊言
雪地裏的天使啊
已經太寂寞
不要帶著傷口融化
流血會淹沒過
我的肩膀

這樣子刷吉他
月亮割傷耳朵
再見最後一首歌
聲音很沙啞很低沉
城市安安靜靜
路長且蜿蜒且孤獨

梯子是如何消失的？
窗口很遙遠
玻璃更強壯
石頭愈來愈脆弱了
已經沒有青春
能夠粉身碎骨
把你弄髒

冬日一個旅人

小房間裏
有地的和無地的
胸肌的和屌的
多毛的和剃毛的
菸的解的
神的人的鬼的

冬日一個旅人
不認識他
想約他受傷
和他交換手槍

一起射
讓子彈飛讓血流

暗夜打開窗
所有流浪貓流浪狗
都跳進來陪我
帶來牠們的飢餓
和寒冷
佔領我的寂寞

日出前
愛的和不愛的
有恨的和無悔的
相遇的
和離開的
都沒有名字

你的陰莖是我存在的理由

致畢卡索

畢卡索啊！
這些時刻如此美好
好多好多乳房
星星的月亮的太陽的
相偎在一起
溫柔熟爛

像命運無法瞭解
那些線條
和錐體
到底誰是誰

上輩子的情人
誰綑綁誰又解不開誰

突然擁有這麼多
令人窒息的
粉紅色和藍色
乾掉的時刻
你的眼神瞬間洶湧
噴泉滿足我
被溼透的幻想

不要隨便愛上別人
以為找到最喜歡的橘色
或磚紅色
亞維農的少女們
用身體記住

那些夜晚
誰都沒有睡著
清醒很硬
充滿默契

人間

「他們送我到水邊／祝福我將安然回到人間」，許悔之。

遇見你的時候
路燈下，
你那麼蒼白。
在昏暗的眼瞳中
有遙遠的鐘聲和閃電
枯萎的玫瑰和扶桑花
迷途的白鴿和羔羊
夜黑的寂寞和刀傷

我知道你像我。
是墨青色的玻璃啤酒瓶
破掉後會割傷人
是魚刺，總會鯁住別人甚麼
被很用力呸掉
是柏油路上一枚鏽幣
或一短截菸蒂
沒有人想撿起來
是車轍裏的魚，豔陽下
海那麼遙遠，終究會渴死

沒有走遠，邊境依舊上著鎖。
在公園，在花叢草叢裏
你兀自閃爍
那些想躲起來想逃走
徬徨的害羞的眼神和腳步

靠近你，都現身出來
池塘裏潛水很久的
衰老的水鬼和妖靈
浮出水面，想抓住你

你的名字是大衛馬修或賽巴斯丁
是孤獨的神祇，是時間的鬼魅？
全部溼透了。噩夢醒來，
你告訴我未來
是一顆顆想被充滿的紅氣球
不能太沉重
不想太空虛
不願意墮落
努力振翅飛翔
穿越天空雲層接近太陽，然後……

颱風過去，草木瓦石頹敗
我仍一直在，凋謝又綻開
你再也沒有回來
一定是去到另外一個地方吧！
依舊沒有人知道你的名字
但始終傳說著你
來自國境最南
來自冥河彼岸
火燙的身世

牆

全部都堆起來
還有縫隙
星光和風
野草和紫花
喘息和眼神
可以祕密鑽過

繼續保有那些
脆弱和傷痕
繼續為理想憔悴
為未來斑駁

隨時準備被推倒
粉身碎骨
被自由征服
再一次被愛

也許會更瞭解

寫給婚姻平權和M

想告訴你家的樣子
山和路的樣子
梯田與排水系統的樣子
如此也許會更瞭解
我們確實不同
我的磚的家
你的鐵皮的家

想和你交換
稻穗和飛魚
溼泥土和鹽

犁和舵，鋤頭和帆

想告訴你午後的樣子
下田和寫字的樣子
虎斑貓和打掃房間的樣子
如此也許會更瞭解
我們有些默契
我的炎熱的午後
你的無風的午後

想和你做夢
起風和起浪
覆雨和翻雲
養貓和養狗
流浪和回家

想告訴你愛情的樣子
熱切和渴望的樣子
寂寞和一個人生活的樣子
如此也許會更瞭解
我們多麼相似
我的岩石的愛
你的浪潮的愛

我們結婚吧！
我的汗水和你的汗水
我的黝黑和你的黝黑
我的孤獨和你的孤獨
我的人生和你的人生

風櫃離開的人

親愛的櫃子
也許你還不知道
我已經離開了
輕輕的
帶走全部寫給你的詩
（希望別介意，
是因為不想忘記自己）
和你默默塞給我
一點點諒解

那些發霉的遺憾

很抱歉
還是留下給你
用衣架掛著
想必你知道那是
我們一起悶的慌的
煩的癲的
和騷的

必須離開
也許你也已經猜到
太陽很雄壯
很溫暖
我們已經
度過幾個炎熱
不穿衣服的午後
你不也從門縫偷偷

看見到嗎？

還是感謝你
包容我
曾經懼光的眼瞳
和夜行的命定
讓我隱匿
這麼多夜晚
讓全部的時鐘陪伴我寂寞
全部的沉默聽我訴說

親愛的櫃子
現在我是風了
你還再
關上門嗎？

井底

1

夜太深
無法垂降下雙人床
打撈起失眠的人
只好繼續
太渴也太寂寞。

2

天空就
眼瞳這麼大
容不下一粒沙

井底就
菊花這麼小
住不了另一隻樹蛙。

3

大醉之後
大哭一場
酒漢逢乾零。

4

在黑夜中
一直很忍耐
只有滲出
少少的星星
沒有射
出太陽來。

意義

1

每個人經過
丟給我
一個眼神
很深也很空洞
想要被甚麼填滿

2

每顆星會不小心相遇
每朵花都露出隱喻
每場夢依舊期待婚禮
陽台上每件內褲
都充滿雄風

3

最後以一種問句的姿勢
假裝甚麼都不知道
輕鬆又幽默
準備好
讓你進來

涉水　致祁家威

「我們的銀河／纔只有七尺七寸寬／我們的織女和牛郎／已足足涉了三個多月／又三年」，周夢蝶。

如何能夠跋涉過去
七尺七寸寬的銀河。
一萬一千隻鱷魚鯊魚
一萬一千隻虎豹豺狼
那麼飢餓
又具有惡意
想吃掉全部的眼睛
全部的乳房和陰莖

非常非常深
鐵櫃的深黑夜的深
馬里亞納海溝的深
恐懼的深歧視的深
父親母親的深
家族社會的深
淹沒過額頭沒過髮
沒過靈魂。

身上的彩虹
柱上的彩虹
高牆上的彩虹
樓頂上的彩虹。
等待復等待
十年復十年復復十年

天空綻放彩虹

極緩極慢極極緩慢
深水黑水淚水汗水
退即眉退即胸
極緩極慢退即鼠蹊
退即膝再退即足踝

學不會游泳，努力閉住氣
沒入水底的義人
魚群蝦群蛙群
水蛇水草水仙花的守護神
已經蝕透了，鏽盡了
百百孔千千瘡
累累傷痕。

終於可以
露出眼瞳露出薄唇露出硬頸
再露出肩胛乳頭肚臍
露出清瘦的大腿小腿和
斷裂復接合復斷裂
的阿基里斯腱

前方更前方岬岸上
還有更遠更長更崎嶇的
歧路盡頭的歧路
流水絕處的流水。
銀河只有七尺七寸寬
牛郎和牛郎織女和織女
已足足涉了幾個世紀
又幾個世紀……

一個人天堂

致小鮮肉之詩

我真的變成蒼蠅了
也許不是你短暫青春中
唯一的那隻
親愛的小鮮肉

很困擾你吧
我故意飛這麼低
眼神充滿炸彈
每次靠近
都想要墜機

如果我用噪音騷擾你
用舌頭恐嚇你
用寂寞侵犯你
會害怕嗎？
想要反擊嗎？
打我吧！

請用力請瞄準
我不會閃躲
制伏我在牆壁
在餐桌在地板上
在海角在天涯
請讓我繼續
為你流下
口水和眼淚

天堂

沙灘上和沙發上
的男人是不一樣的
天菜和地陪
也是不一樣的。
曾經希望他們一樣

我走錯房間。
你在裏面只穿小汗衫
短運動褲

澆花洗被晾衣擦地
寫字讀書午睡手淫
那麼像一個對的人
完全超過期待

黑暗中進來的
隕星已經脫離軌道
但依舊閃爍發光
雄偉的
名字和眼神
被指認被看見

午夜時分
酒吧裏閃電雷擊
燒去襯衫和長褲
舞池中火山爆發

掩沒矜持和寂寞
一個人的天堂
也是廢墟。

銀河

暗夜裏
我浮起來
腫爛的青春
一整夜又一整夜
在癡人的夢中
腐壞刺鼻
愈來愈難耐

就無所謂了
那些爆炸
億萬光年之外

所有的意義總是
歷經滄桑
最慢才到達
也甚麼都沒有留下

還是這樣漂流著吧
多麼漫無目的
無慮無憂
生命中全部
依舊一切完好
默默閃爍
能被看見

林布蘭的燈

街巷是故意的
絆倒奔跑的和行走的
天空是殘酷的
射下飛翔的
轟炸醫院和學校
戲院是飢餓的
吃掉父親
和孩子

爆炸過後三日
收拾傾倒的書櫃

清理碎玻璃
修好時鐘
晾起洗乾淨的衣服
若無其事的
繼續生活下去

林布蘭的燈
午夜時分
昏昏暗暗亮著
可以看見你
若有所思的眼神望向窗外
充滿巨大的沉默和恐懼
彷彿知曉一切

真的很寂寞
在星火燦爛的夢裏

打開每扇窗
讓鐘聲槍鳴
風和雨
都洶湧進來
一起默默等待
還沒有回家的人

伊甸園

走在鋼索上
想去更遙遠的地方
風追不上你
夢拋棄你
黑夜留住你
流星給你剎那
去相信這個悲慘世界
有一座森林
一片湖泊
一個村落，可以
養幾個孩子

他們安安靜靜
傷著自己
轟轟烈烈愛著彼此

向日葵三朵

1

在凱道上
我們有事
牠們無睹

2

街頭大規模
綻放愛與和平
溫柔是很擁擠的

3

黑島上的
每一瓣花
都萬丈陽光

無神的那一天

躺在床上
忘記吃藥
失眠像做夢整夜一樣
反覆奔跑和跌倒的場景
每次輾轉
或又睜開眼來
就很努力想一次
為甚麼活著
只要沒有答案就能夠
當作依然在深夜
義無反顧繼續清醒下去

在隔夜凌晨
還是躺在床上
想麵包屑
和日漸萎靡的愛情
這陳爛的命題
也許答案可以是
我是人
不是螞蟻
這樣不就簡單許多嗎

假裝睡過頭
錯過革命的時刻
再也沒有機會成為那些
琅琅上口的英雄
也無須負擔別人

期待你要勇敢受很重的傷
鬧鐘響很久後
生活似乎更少掉些甚麼
還是沒有意義

直到那些愁苦的
住在地下室的
杜斯妥也夫斯基
和他的魯蛇們
都決定重新相信
自己的病和自己的夢
都不需要吃藥
就離開床
推開窗，跳出去
像一道曙光
照亮無神的那一天

我知道寂寞

我知道寂寞
窗戶打破的時候
貓和星星一起
跳出去
石頭被丟在床上
硬是自己的事

安安靜靜壓著你
寫的明信片
提到關於肚臍和腳趾頭那些
從河邊撿回家前

就知道石頭
也是有情緒的
爆炸過後才真正發現
裏面這麼柔軟這麼燙

我知道燙
是太陽的眼淚
想哭的時候
需要更多更多祕密
一同被說出來
花園裏鬱金香花綻開
露出傷口來
認真流血

然後祕密
有自己的呼吸

收集在廣口玻璃瓶裏
貼上標籤：夜晚
還想再多說些甚麼
蠟燭就熄滅了
我知道一切是故意的

一個人在家
寂寞裏的
螢火蟲都飛出來
我知道夜晚
默默吃掉
全部的時鐘
再也不用醒來

閃電中似曾相識

房間裏掛有一幅紫色鳶尾花
坐下來
秒秒分分冷冷
凝結在四目相交處
爆出火花
閃電中似曾相識

像一面穿衣鏡
也許懂你的風格
低眉愁顏
肉軀枯老

無奈的微笑
這樣又活過今天

眨眼想要閃躲
那些無法拒絕的問句
星星教會我孤獨
吃掉我的眼睛
沉默可以
熄滅每一盞街燈

三十歲以後
愈來愈不瞭解
自己是一座迷宮
走進來的人都消失
在名為天涯海角的
陌生小鎮

雷鳴與閃電

以為人畜無害的
那些無關緊要
謊言和確幸
有個瞬間就突然
爆炸開來
一切都傷痕累累

無需再多說些甚麼
下定決心讓
青春變老
讓狀態回到朋友

的時刻
真的會痛

佔有後留下的印子
還很深刻清晰
想塗塗抹抹弄髒
模糊真相
就可以理所當然任性
繼續相信

怎麼能夠期待
黑熊和樹蛙再活一次
雨季和汗衫再溼透一次
流星和允諾再墜落一次
愛與不愛
再相遇一次

擁有的確實不一樣了
一個人的房間和雙人床
面對遼闊
又撩亂的寬螢幕
天菜的姿態
重新鍛鍊拒絕

夏日午夜炎熱
每一滴汗都很擁擠
每一次做夢都被暗示
每一陣暴風雨依舊曖昧
每分秒寂寞充滿
雷鳴與閃電

蘇澳來的末班車

記好友贈之陳明章蘇澳來ㄟ尾班車

雨下進鞋子裏
每條經過的暗街
佇足的轉角
爬上去的樓梯
穿越的白色長廊
走進的房間
都潮溼的
被某種莫名猶豫
洶湧的跫音淹沒

小汗衫裏藏好夕陽
無限的
無奈的美好
努力鍛鍊告別
磨成流星
分送給愛的人許願

很多天不換
襪子可以擰出
一條小河
水泡破掉的血流著
寂寞流著
威士忌流著
淚流著
裸著腳走過缺水的天黑

一個人
一本舊書
一把小提琴
搭上蘇澳來的末班車
嶇嶇崎崎
沿途每站都在夢裏
車窗扭曲起來
事實像冷風飛砂衝進來
只割傷我

突然發現，
上車是人
下車是貓
站著是鬼
坐著是神
沒有要去到哪裏
也沒有哪裏不能去

驚夢

從天荒來
在黑暗中指認
每顆星
天狼或牛郎
似曾相識的遙遠
和光芒

現在能夠對你描述
爆炸前刻
石未爛，地未老
我們依舊青春爛漫

盲目相愛
任意受傷

領釦鬆，衣帶寬
胸肌和夜色漸露
眼神幽微
身體哆嗦
手顫抖
沉默謹慎尷尬

雨季轟轟烈烈
午夜安安靜靜
很深很深的地方
愛甜甜爛爛
我們偷偷藏著彼此
小小的死

驚夢醒來
睜開眼發現天氣陰
花謝海枯
人去樓空
那些不愛的
一切無法理解

大眾澡堂

六龍鉱泉浴記

朋朋朋朋
朋朋朋朋
夢和肥皂
努力摩擦
一起泡沫
濺起浪花
或騷或動
或思或邪

青春有垢
愛情無瑕

默默綻放

紀念張香球女士（一九二〇—二〇一五）

天空飄過來
雲朵飄過來
海鷗飄過來
噴射機飄過來

河的對岸的
呼喚飄過來
愈來愈微弱
愈來愈遙遠
似曾相識的
再想念彼此一次吧

夢中醒來
特別清醒的
時鐘沒有停下來
雨繼續下
安安靜靜
對自己說：
懂你的意思了

一百年過後
你依然年輕
像一朵小花
太陽下
懸崖邊
默默綻放

沒有同居

我住在淡水
有鰓有鰭
有鱗片

他住在古亭
有桌有椅
有餐巾

如果淡水旁有古亭
我可以上岸

喘口氣，野餐
再繼續游行

如果古亭前有淡水
他可以垂釣整夜
待我溯回
讓我上鉤

不打擾

很漫長的冬季
我們之間
寒冷又停電
關緊窗
點燃幾盞燭燈
沉默相濡
無視相看
繼續生活下去

失眠的眼瞳灼灼
像太陽
每個墜落的人
都有燙傷的翅膀
小小的浪花是淚

很想說幾個字
琢磨許久
含著吮著輕咬著
像棗核裂開來
謊言或告白
苦艾酒的味道

親愛的噴射機
Line 給你的那些
已讀不回

像幽靈
徘徊在暗夜
已經習慣
不打擾
你的遙遠

應該明白

告訴我應該
去很遙遠的地方
用一點點錢
流浪像一枚撕壞的郵票
滄桑又
身負滿傷

擠出不好意思的表情
彆扭著小小的懺悔
說些言不由衷的話
這樣就足夠了

可以理解
冬夜一個人旅行的意義

海邊的小旅館
天花板很低
寫字桌很潮溼
白熾燈或暗或亮
寂寞很硬
噩夢很深

我們相視
清醒與夢
意識和潛意識
閃躲的眼神
甚麼也不再說
彷彿都應該明白

夜間遷徙

大波斯菊枯萎了
太陽爆炸了
它們都睜大眼睛看見
一樣的深邃和黑暗

脆弱是一種召喚。
全部被閃電困住的雲啊霧啊
清醒過來。拿起斧頭
斷開晝與夜的鎖鏈

用一種沙啞的聲音說出來

童年青春破病老去死亡
雷鳴暴雨狂風海嘯。如果
沒有戰爭，誰都不會去到哪裏

十月吃掉整座森林
骷髏裏住著飢餓的烏鴉。
雨水愈來愈苦澀
眼淚愈來愈酸臭

生起火。斑馬羚羊大象
棲身在帳篷旁。牠們的影子
：奇蹄犄角長牙。牧羊人給它
新的名字：孟山都

那些大雁賴以方向的極星
那些青蛙賴以解渴的晨露

那些蝴蝶賴以爛漫的花蜜
也已經消失

野火襲來，然後是大戮
喚成母親的炸彈
多麼溫柔慈祥，是地獄神
美麗的女兒泊瑟芬妮

那墜落的隕星？
喔！年輕的受傷的生命
背後是無垠的夜空
前方是湮蕪的廢墟

總是會習慣參加葬禮的。
百合花不會孤獨
時間摘下它。一瓣一瓣腐壞

還給土地還給海洋

折返回來的浪人
在綿延向黑暗的沙灘上
會尋找到原本的自己：
一個庫德族的三歲男孩嗎？

午夜大規模遷徙的夢啊
被拋棄在暗巷的愛神啊
告訴我未來
還有更大的崩壞要來

花神祭

四月充滿背叛的理由
小瓔珞躑躅，大花獨活
喚醒房間裏全部的
隕星瘟疫火山爆發
碩壯的黑暗，堅硬的沉默
時間的鋒芒漸露
莢果裏的幽靈
夢或者黎明及其他男人
赤裸裸浩蕩進來
眼神想被填滿
你的灰塵和他的灰塵
保險套和反抗軍國旗
無神論的戀人
或藏在柔軟裏面

芍藥

悼J

清明後
雨水和天空
就分別了
一個學會走路和奔跑
一個依舊練習忍耐
和等待。

胸膛這麼強壯
肩膀這麼寬闊
眼神這麼溫暖。
四月充滿背叛的理由

不告而別
甚麼也不用知道吧

想很乾脆
打破全部的
水杯和窗
虎斑貓跳出去
牛奶變酸
碎玻璃像夜鶯一般歌唱

好像明白些許
節氣陰晴晝夜圓缺。
二十三日天氣晴宜遠行
午前，一個人
出發去喜馬拉雅山
尋找雪人。

午後桌前
一枝芍藥
沒有花瓣
無鉛無華
沒有塵埃
無牽無掛

石楠

「頰につたふ／なみだのごはず／
一握の砂を示しし人を忘れず」，石川啄木。

黑海吃掉燈塔
星空折斷螢翅
赤烏佇留
銅錨垂下。
生於火長於火強壯於火
病於火衰老於火死於火的
摩周丸，大雪丸，男人和男人
徹骨過，灑脫過

昔日與來時的魚鴞
刺爪，鉤吻，遠目。
眼前和身後的鐵道
斷過，凍寒過，顛躓過。
鬼下野，姬蛇麻，蔓榿
海蘭，車百合，四葉鵯
千木槍，溝酸漿，秋之鰻攫
小瓔珞躑躅，大花獨活。

線索，軌跡，溫度，顏色，氣味。
蘚苔廣重
毒芹錯節
石楠深至
蕁藻依切
麥秋鮮烈。

一握砂疑遲
一夜雨淒迷

車站棄廢
火山休眠
危盡的語言
消失的寒暄。
雙唇鼻音的漣漪
齒齦塞擦音的水花
唇軟顎近音的煙火
寂寞的喉塞音。

卡姆伊是神，努伊是火焰
伊薩滿是水獺，霍兒庫是狼
卡內卡普是新月，雷拉是風
曲邪是陽具，拉滅拓古是勇氣

悠卡拉是戰士的敘事詩。
踏著羊蹄
刺出犄角
孤獨的阿伊努
アプンノ　パイェヤン，再見
アプンノ　オカヤン，再見

阿修羅花

「昨日你是鱈魚……／我們畢竟相遇」，周夢蝶。

封鎖線外，
刺網外，
夢與黎明交界
島礁船帆蛇夫星座
仙人掌豔紫荊阿修羅花。
男人和男孩
柔軟的陰莖
粗糙的手掌。

黑甜的舞蹈
辛辣的走路
奔跑如此茫然
跳躍那麼燦爛
苦澀的蹲下酸臭的躺好。
喚醒房間裏全部的
齒輪和發條
突然就衰老了
鬧鐘桌燈花瓶
壁癌破窗舊雙人床

但恐懼與悼亡
依然黝黑強壯健康

像個沙灘上的孩子。
早餐後，薛西弗斯不會
引領我們
到哪裏去。
最溫暖的謊言總是
裹著最堅硬的誠實
刀和鞘，
馬革和屍。

猛暑下，流浪的獨眼的
黑犬和斑貓，白象和金烏，
異教神和大佛。
車轍般渴的飢的
汙濁的腥羶的

病的悔的瘦的銀河。
火力電廠塑化工廠煉油廠
魚塭沙洲新生地
的濱海城市。
昨夜我是毒雨
你是鱈魚
我們畢竟相遇

火鶴

火裏來復火裏去
的眼神灼灼射入
十字架上的阿修羅。
蜂蜜的汗
硫磺的血
火鶴的精液。

愈來愈瘠瘦的城市裏
公元前五世紀的雅典人
蝕鏽的鬈髮胸膛肚臍
斑裂的鼻翼鼠蹊陰莖

赫拉克利特的腳趾頭
苦艾酒的唇舌

九月依舊猖獗
地震海嘯颶風
隕星瘟疫火山爆發。
草木皆兵的時代
鶴唳風吼的月夜
小鹿亂撞的公園
男孩們野火燎原

愁緒斷捨絕離
迷悟苦集滅道。
何不還給流水
枯瓣落花折枝
何不還給天地

金剛香燈吠陀
而將荷衣藕身
精魂還給父母。

此去十億萬紅塵
相逢和相離孿生
相呴和相忘共生
相愛和相守陌生。
與風雪同日同月擊襲
與燈火同分同秒燃滅

矢車菊

「把那些雨滴喚出來接在／芭蕉葉上……／遇見那七個人」，零雨。

銀河和天空
蛺蝶與男孩
召喚出全部的
流星和煙火
黑蜜與精液
城市沙漠火口湖
芭蕉葉麻竹葉蘆草

矢車菊的臉
舌頭胸膛和肚臍
認真接住。

不必亮燈或點菸
能夠逼視
碩壯的黑暗，堅硬的沉默
感覺到呼吸裏的火焰
喘息裏的閃電
知道已經無法抵擋。
伊卡洛斯與太陽
薛西弗斯和巨岩
頭顱與警棍
眼瞳和煙霧彈

在看守所與獄中
那些日子和王爾德
和惹內，三島由紀夫。
私菸，稻米，汽油彈
幹架，革命，接吻。
悶溼的空氣挑逗
鍊鎖挑逗，尿臊挑逗
寂寞和宇宙
恐懼和癲狂
愈來愈膨脹起來

匍匐在腳下的孤獨
淺淺細細
小小的死亡。

告別車站港口燈塔
戀人柯基虎斑貓
繼續放逐流浪冒險長大老去
使壞更寥寂的世界
弄髒剔透的身體
澄澈的靈魂
另一個男人

百合　斯里蘭卡紀行

繁星與曠野
瞬目與胸膛
火苗和花蕊
舌頭和肚臍。

無法抵擋
寂寞與瘟疫
謊言與旱季，
日出前終將放棄
獵戶星系旋臂
和烏達瓦拉維草原

流星和象群
大規模遷徙

比清醒更清醒
更刺骨的清晨
風雨輾轉
瓦石反側
鬧鐘驚寤
燭火夢寐

時間的鋒芒漸露
倒刺鉤傷
裟衣和布履
額頭手掌足踝
傷痕如是命運。
無瑕的青春忘返

清明的眼神流連

黃昏市集販售
波羅蜜萊姆木蘋果
肉桂蜂蜜椰花酒，
僧伽羅語的
珍稀的嗡音
和衰老的顫音

逐漸能夠理解
季節遞嬗，風景變化
生老病死迴旋
夕陽與新月
誦經與鐘聲。
城牆與神廟頹圮
磚與磚裂隙之間

薜荔如蛇
岩蕨若瞳
百合似血

前去世界盡頭
山遠水長
雲重夢深
探問採茶人吹蛇人
馴獅人和走索人：
他們的星球
他們的玫瑰
他們的孤獨

阿勃勒

無論烈日或驟雨
彩虹或冰雹
阿勃勒和阿德勒
杜斯妥也夫斯基
和計程車司機
都在思考
生命的意義。

公園地上
莢果裏的幽靈
三世三生

是蟲是蛹也是蝴蝶
是炭是石墨也是鑽石
是犬是狼是猴是熊
是刺客也是獵人。

億萬次碰撞的大霹靂
億萬片綠葉枯葉的森林
億萬粒鹽億萬破浪的海洋
億萬岩石和燈塔的島嶼
億萬瓣大波斯菊的太陽
億萬隻孔雀大雁蜂鳥的星雲
億萬個謎題和燈籠是時間

五月是無拘無束的
羽狀對生複葉
金黃色花瓣

從巴基斯坦向東
到印度和緬甸
跨海向南抵達斯里蘭卡。
乘著洋流和季風

與著晝夜陰晴，與著世代
生命的死亡的流浪的
成功的失敗的
意義隨之改變。
黃金變成磚瓦碎片
蘋果變成骷髏頭
金魚變成噴射機

墓碑和窗變成夢和真實
十四次輪迴後
最後的旅程

手術台上，奈河橋下。
億萬次凝視
是母親和初生的嬰孩
是大願地藏菩薩

秋葵

「一切隨時可能是最後的了／……在攻守互換的下午」，達瑞。

世界健身房裏
認真鍛鍊
意志與芬芳。
水仙瘦，牡丹雄壯
金盞菊幽寒。
胸肌峮嶙
汗水瀲灩

躥入深巷黑暗

樓梯鐵門地下密室
凍死的慾望街車
流浪犬漢
繩縛的悸動
脫韁的眼神

將斷未斷的夢
牽縈將斷未斷的魂。
將斷未斷似斷的
男人和男人
糾纏若鐵
絞扭成鉗。

電音勸世，霓光迴旋
罌粟和瞳眸盛綻開

晦暗的語言默默
顯露出神
和野獸的舌頭
肆無忌憚挑逗
戀人與陌生人
意義曖昧騷亂起來

牙關和情關
都很緊，那麼難過
夢或者黎明及其他男人
無法進來。
寂寞會刺破
緊身內褲
矜持如是虛飾
：網紗與後空。

天色仍闇
依舊青澀
不曾露出疲態。
菸茫的銀河系
無再懸念
流星冰雹閃電
大規模進場
攻守互換

淋浴間無憂
蒸氣室無眠。
大波斯菊朱槿和秋葵
耐不住猛旱與赤瘠
短暫的相識相戀
相呴相沫

最後的凌晨將盡
在歸還處歸還
手圈和鑰匙
瘋癲與靈犀。
靜靜取回
置物櫃裏
平凡的生活和孤獨

荊棘

嗑過藥後，
牆壁流下血淚
銅鏡嘔吐
掛鐘哆嗦顫抖
鐵窗像大波斯菊綻開
獵戶蛇夫人馬半人馬
赤裸裸浩蕩進來

三溫暖小酒吧男人二三
蜘蛛甲蟲蜜蜂蝴蝶成群。
黑洞和肚臍非常空虛

宇宙和陰莖都會膨脹
流星和眼神一起射出

針和箭，傷和痂
火和汗，雪和血
棘冕和荊冠
浴巾和裹屍布
鑰匙和保險套

蒸氣室裏殘燈下，
龍膽跋扈
野菊飛揚
鳶尾昂首
火鶴怒目
荊棘呻吟

與男人痛吻醉，
不吻亦醉。

無涯和天涯
犄角和海角
石爛和糜爛
海枯和頭禿
直男和渣男，
人生如此低悔
要再堅持多久？

曇花

「……每日／幽靈的我都會在岸邊死去」，曾淦賢。

深櫃裏的雲雀
紅樓廣場的痲雀
小酒館的孔雀
叫了一整天
泣了一整夜

春雷和春夢驚襲
雲朵和床單都弄髒了
暴雨的丁字褲的

神靈啊，全部溼透，
山頭和龜頭朦朧
隱約顯露出來

融冰時候的
四月和男人
多麼殘酷冷漠。
不會兩次涉過同一條河流
始終重複愛錯同一個男人

鋼鐵需要堅硬
荻草燎燃起來
肚腩多麼柔軟
三十年空洞的
眼神想被填滿。

碼頭畔男人離別去，
風蕭蕭雲冉冉
易水與逝水滾滾，
幽靈的我，
孤魂的我，
岬岸邊大醉酩酊兮

血淚澀苦
痴戀決絕
理智斷就斷吧
死亡豐收的黎明，
曇花鬱萎
謊言與背叛
失魂和失身
恨就恨吧！

梔子花

「他們在空氣裏互相傳染花粉……／年輕／而不需要陽光」，林則良。

時間比較像殘酷的四月初
而不是溫柔的三月底

於是開始打掃房間。
你的灰塵和他的灰塵
窗戶茶几地板
雙人床，
你的掉髮和他的腿毛

空氣中，你的菸味
和他的霉味

安安靜靜對抗
房間裏的全部
舊衣舊褲破襪
翻爛的時尚雜誌破詩集
停止的時鐘未寫完的信
黑白銀鹽相片花瓶碎片
藥丸膠囊點滴健身器材
十字架骷髏頭拆信刀
黑色的羽毛

一月二十四日
一九七五，科隆。
他滔滔不絕

你沉默不語
我們都半夢半醒
魍魎和魑魅

深夜新聞快報
先知書預言的
最美好的時刻。
核電廠爆炸恐怖攻擊
水壩崩裂地下鐵毒氣
未知的病毒超級細菌
火山灰底下
巴別塔頂上
世界依舊靜好

自己的房間
寫字桌檯燈矮書櫃

備忘錄孤獨國哀歌二三

荒人手記蒙馬特遺書遣悲懷。

青春的最末時刻

日光遍照

月光遍照

琉璃和梔子花

大花獨活

記稚內日出，兼記辛波絲卡淩晨四時

破冰船，燈塔，碼頭倉庫
黎明，迷霧，噩夢。大花獨活。
眼神最強
寂寞最硬
狂喜最薄
想要是野獸
忍住是大佛。

微微鼓起
緩緩脹大
的意志和潛意識

床上，沙發上，凱達格蘭道上。
更多的人願意涉入
廢核廢死，婚姻平權，居住正義
也更多的人願意射入
噴泉，池塘，游泳池，馬克杯
齒隙，嘴巴，眼瞳。
遊行的時候，抗議的時候
瞻之前忽焉後
他們喜歡前面
更努力鍛鍊後面
彌壯彌強彌堅

男人與男孩之間
最曲折最柔軟
最接近天堂的海岸線

最凶猛最充滿髒話
的消波塊防波堤
繞著島，繞著火山
繞著幽靈，繞著癲狂。
海鷗旋轉
慰靈碑和銅像是軸
天空暈眩
風和鹽哀愁

稚內，加德滿都，庫斯科，
波隆納魯瓦，里斯本，巴格達。
愈來愈能夠理解
世界有許多不同的
插頭和插座
蓋和鍋，鑰匙和鎖
信仰和主義。

他們都願意交換
重金屬與流浪，孤獨與自由
保險套和反抗軍國旗。

謊言清澈
戰爭剔透
脆弱燦爛
清醒看穿。
凌晨四時
愛很綿密
革命太粗
懸命最細
日出和民主乍洩
光芒與深淵萬丈

儷菊

生老病死，
痢疾瘟疫傷寒
斷骨破頭流血。
時間的戰壕裏
無神論的戀人
鋼盔，步槍，手榴彈
家信，輿圖，望遠鏡
藍嘴唇，金眼瞳
黑甜的胸膛

黏稠的呼吸

擁擠的悄語
霧霾的眼神
溼軟的滴汗
凍苦的淌血。
青島東布滿地雷
拒馬哀愁
刺網傷悲

沉默華麗
孤獨燦爛
失眠瀲灩。
斷水與停電狼狽
雨傘和花朵掙扎
想要佔領
全部的廣場和議事堂
意志和信仰

焰火狓猖熾燃夜蛾
甜蜜氾濫溺死螻蟻
噴水槍煙霧彈癲狂
驅離學生，遊民
和流浪犬貓。
溫柔的期盼
善良的承諾
誠實的記憶
難以挽回

鐵杉刺柏仙人掌清瘦
石蓮若歌詩臃腫
百合石榴芍藥傷重
昏睡驚醒。
落地窗大霧

雙人床荒涼
鬧鐘兀自寂寥
門鈴與夢曖昧。
冬日晨起勃起
黎明與男人乍到
儷菊與雪花綻開

玫瑰

「在沒有枯萎之前的／這些男人／喜歡帶刺的裸胸」，林則良。

浩瀚宇宙中
人造衛星定位
流浪的座標
去到每個地方
都是寂寞星球。
森林沙漠湖泊綠洲瀑布
廣場寺廟樂園劇院廢墟

白晝和黑夜的界線
海洋和島嶼的界線
朋友和戀人的界線
清醒和瘋癲的界線
總是在改變。
此刻和下一刻
刺網和拒馬分隔開來

舟已沉夜更深。天使和水鬼
青春和信仰
偷渡上岸。
探照燈會發現
扔棄的背包地圖手機
沉積的菊貝三葉蟲鸚鵡螺
完好的寶特瓶保利龍塑膠袋

舊書店的虎斑貓
深山裏的雲豹
沙灘上的鯨
敘利亞的男孩
阿富汗的女孩
會更瞭解孤獨
和死亡的意義？

愈來愈長大
想要有刺
像荊棘或魚
布滿全身
或藏在柔軟裏面。

放逐和旅行的最末
在喧鬧的青年旅館

啤酒電音撞球飛鏢
居住正義婚姻平權
旅遊頻道美食節目
實境秀ＭＴＶ超級盃

太陽花運動後
茉莉花革命後
金融海嘯後
營火晚餐後
我還有玫瑰
你依舊是大波斯菊

國家圖書館出版品預行編目(CIP)資料

眾神與野獸／陳牧宏 作. —— 初版. —— 臺北市：大塊文化，2018.07
面；　公分. ——（walk ; 18）
ISBN 978-986-213-903-5（平裝）

851.486　　107009215